TRES-HUMBLES

REMONTRANCES

ET

SUPPLIQUE

A

MM. LES ÉLECTEURS

Pour 1824.

A PARIS,

CHEZ LES MARCHANDS DE NOUVEAUTÉS.

1824.

TRÈS-HUMBLES

REMONTRANCES

ET

SUPPLIQUE

A

MM. LES ÉLECTEURS

Pour 1824.

MESSIEURS les Électeurs, nous sommes au nombre de quelques milliers de citoyens français qui n'avons pas le droit de nommer des Députés. Nous ne faisons aucune observation à cet égard, parce que nous respectons trop la Charte qui vous à conféré ce droit ; mais nous venons vous demander très-humblement la permission de vous entretenir un instant des choix que vous allez faire, et auxquels nous croyons être presque aussi intéressés que L. L. Exc les Ministres, qui, nous dit-on, prétendent devoir les diriger exclusivement. Si on appelle intérêts généraux ceux du plus grand nombre, ou ceux des citoyens

qui payent les neuf dixièmes de notre énorme budjet ;
il doit nous être permis d'en parler : nous disons
celà en passant, et à cette seule fin que l'on ne nous
conteste pas le droit d'expaer nos raisons, quand
même elles devraient ne pas être écoutées aussi favorablement que nous pouvons nous y attendre. Nous
disons aussi favorablement que nous pouvons nous
y attendre, car le plus grand nombre d'entre neus ,
MM. les Electeurs, sont disposés à nous écouter, et
c'est à ceux-là que nous voulons parler.

Nous demandons d'abord, car nous ne sommes pas
fins politiques nous autres, comment il a pu venir
dans la pensée de changer des Députés qui ont ac-
cordé aussi largement les fonds pour faire la guerre ;
qui n'ont fait au budjet proposé que de si petits, si
petits retranchemens, et qui enfin ont (nous a-t-il
paru) fait de leur mieux pour être agréables aux
Ministres ? On nous répondra peut-être qu'il y en
avait de récalcitrants, qui ne voulaient pas la guerre,
qni voulaient faire trop de retranchemensau budjet ,
et qui, enfin, contredisaient sans cesse les Ministres.
On nous répondra aussi que nous n'avons pas besoin
de connaître la politique, que le Journal des Débats
en fait pour tous le monde, qu'il nous a donné d'assez
bonnes raisons, et que nous devons nous en contenter ; mais nous ayons bien de la peine a croire, nous,
que, comme ce journal nous l'a dit, la chambre ait
été dissoute afin que la puissance royale ne chaume
pas, et afin que les noms des bons Députés. (Le Journal des Débats entend, sans doute, par l'un des Dé-
s qui ne contredisent pas les Ministres) sortissent

plus éclatants, d'une nouvelle urne électorale. Ces raisons là n'en sont pas pour nous, ou peut-être contre cette haute politique n'est pas à la portée de notre entendement, et nous ne la comprenons pas bien; car comment comprendre des choses qui nous paraissent si étranges ?

Mais nous nous appercevons que nous sommes tentés de trop parler; tout aussi bien, il n'est plus question de raisonner sur ce qui est; nous ne devons vous dire, Messieurs les Electeurs, que ce que nous voudrions bein voir.

Nous dirons donc que nous voudrions voir une chambre de Députés qui nous représentent, c'est-à-dire, qui représentent tous nos divers intérêts, et, qu'à cette fin, la dite chambre fut composée de bons propriétaires cultivateurs, de commerçans, de manufacturiers, de juris-consultes, de quelques généraux, et d'anciens magistrats qui nous ont vu de près et qui connaissent nos besoins comme nos intérêts.

Songez bien, messieurs les électeurs, que vous n'avez pour vous comme pour nous, que des députés à nommer, que tous nos autres chargés d'affaires sont nommés par le pouvoir, et que si la seule nomination dont vous êtes chargés était encore influencée par le pouvoir, le gouvernement représentatif ne serait qu'un gros mensonge, nous demandons pdarons pour l'expression, mais nous n'en trouvons pas d'autre. En effet, il est incontestable que si le pouvoir, qui nomme déja tous les gens ayant la direction de nos affaires, nomme encore directement ou indirectement les députés, ceux-ci seront également les représentants du pouvoir, et que nous ne serons pas plus représentés que les Moldaves et les Valaques. Celà est claire, et dans ce cas, on ne pourra nous dire que nous vivons sous un gouvernement représentatif, sans que nous ayons le droit de donner un bon démenti, à nos risques et périls, cependant, car ceux que le pouvoir aurait nommés par votre intermédiaire, messieurs les électeurs, prétendraient qu'ils nous représentent bien réellement et bien légitimement. et ils voudraient nous forcer à le croire.

Nous dirons encore qu'il nous semble que ces députés propriétaires-cultivateurs, commercans, manufacturiers, jurisconsultes, généraux et anciens magistrats devraient être choisis parmi ceux qui ont les mêmes intérêts que nous, et qui sentent les mêmes besoins de liberté. Ceux-là sont connus, il n'est pas nécessaire qu'ils soient présidens de collège pour que vous songiez à eux; car enfin, dans les départemens où il n'y a pas un seul président roturier, il doit cependant y en avoir quelqu'un capable de représenter cette nombreuse classe, et nous pensons que la classe autrefois privilégiée, et qui, nous le soupçonnons, pourrait vouloir encore le devenir, a bien assez d'une chambre haute pour sa part. Nous somme à l'égard de cette classe dans la proportion de mille à un, et la chambre des pairs est avec celle des députés dans la proportion de six à dix. La dernière liste de nomination de pairs n'en comprend qu'un seul sorti de nos rangs; encore, dit-on qu'il n'a pas été consulté pour savoir si cette dignité lui convenait. Vous concevrez donc, messieurs les électeurs, que si, sur les quatre-

(5)

cents trente huit députés que vous allez nommer , il y
en avait encore deux ou trois cents de la classe dont on
fait le plus ordinairement les pairs , nous autres pau-
vres roturiers , n'aurions pas un représentant pour
cent mille , et la classe audessus de nous en aurait plus
d'un par mille. Affaiblissez au moins un peu, nous vous
en supplions , cette proportion ; autrement il n'y
aurait pas assez de justice. Ce n'est d'ailleurs pas , et
ce ne peut pas être ainsi , messieurs les électeurs, que
le Roi qui nous a donné la Charte a entendu le gouvernement représentatif , et l'égalité devant la loi ;
nous ne l'entendons pas comme cela non plus , nous
autres bonnes gens , parce que nous avons confiance
dans la Charte qui exprime les bonnes intentions de
son auteur. Encore si tous les gens qui ont un grand
nom , et qui veulent nous représenter , avaient les
mêmes intérêts que nous , à la bonne heure ; mais on
dit qu'il y en a grand nombre qui veulent être indem-
nisés pour les pertes qu'ils ont faites en émigrant, et
que nous devrions payer ces indemnités. Nous n'avons
cependant pas envoyés ces messieurs hors de France ,
nous ne leur avons pas dit , et le Roi ne leur a pas dit
en 1789, 1790 , et 1791 , allez vous-en , au contraire
ce bon Roi leur avait donné l'ordre de revenir ; et s'ils
étaient restés avec nous, ils nous auraient aidés à prévenir tous les crimes qui ont deshonoré la révolution:
nous n'eussions pas eu la guerre , les tribunaux révo-
lutionnaires , les réquisitions , le maximum ; la cons-
cription , le despotisme , etc. De plus , grand nombre
d'entre nous qui ne reclammonss pas d'indemnités
pour les pertes que tous ces fléaux nous ont occasionnées,

pourraient aujourd'hui être électeurs. Si nous avons supporté, et si nous supportons notre situation avec résignation, nous ne voudrions pas la voir aggravée par l'augmentation de charges que le système des indemnités nous imposerait; il y a déjà bien assez des charges existantes; on peut ployer sous le poids, mais il ne faut pas risquer d'être écrasé.

Ce n'est cependant pas la seule crainte, ou plutôt, c'est encore le moindre des dangers auxquels nous servions exposés, messieurs les électeurs, si vous nommiez des députés qui n'auraient pas les mêmes intérêts que nous, car, quand on n'a que de l'argent à donner, et que l'on en a, une fois donné, on n'y pense plus. Nous y penserions encore moins, si nous étions certains que cet argent serait distribué aux plus nécessiteux, à ceux qui n'ont rien retrouvé, ou hérité, et qui sont véritablement dans le besoin. Nous savons que ceux-là ne l'employeraient pas contre nous; et nous aurions la satisfaction de penser que nous avons secourus nos semblables, quoique nous n'en aurions pas l'honneur. Mais on peut prévoir comment cette distribution serait faite, car enfin les anges ne descendraient pas du ciel pour la faire, et chacun de ceux qui y coopéreraient auraient ses protégés qui ne seraient pas toujours les plus ayant droit, ou plutôt le droit, comme à l'ordinaire, s'expliquerait en faveur des plus puissants et des plus adroits. Nous savons comment ceux qui en étaient chargés en 1814 et 1815, ont dispensé les bienfaits du Roi. Et qui sait encore si la somme qui serait votée en 1824, ne serait pas considérée comme un premier à compte seulement ? Car il y aurait tant de gens à sa—tisfaire : et puis l'appétit vient en mangeant.

Nous disions, donc que nous avions bien d'autres craintes à vous exprimer, messieurs les électeur;s mais nous ne pouvons pas vous dire tout ce que l'on dit, vous le savez bien, et vous devinerez le reste. Aussi bien, il y en a parmi vous qui, ayant l'honneur d'être admis dans certains salons, pourraient rendre compte aux autres de ce qu'ils entendent ; car, sans compter le drapeau blanc, l'étoile, la quotidienne, la vielle gazette et l'oriflamme, il y a bien des indiscrets qui revèlent les projets des fins politiques du parti. Nous vous dirons cependant, car le journal des débats et ses confrères que nous venons de citer en ont parlé assez clairemeut, et ce n'est plus un secret ; nous vous dirons, messiuers les électeurs, que nous craignons le rétablissement du droit d'ainesse et de ses conséquences qui nous paraissent d'une grande importance. Outre l'immoralité de l'inégalité des partages entre les enfans d'un même père, nous craignons de voir, comme autrefois, les propriélés concentrées dans un petit nombre de familles qui peseraient sur nous de tout leur poids, et nous opprimeraient ; nous craiguons bien d'autres conséquences qui nécessiteraient un volume pour les énumérer. On assurait, il y a quelques jours que le projet de la loi qui rétablirait ce droit dans les pays où il existait et dans ceux où il n'existait pas serait présenté aux chambres dans leur prochaine session. Nous ne pouvons pas le croire. De bonnes gens pensent cependant que l'on n'en a parlé que pour sonder l'opinion ; mais nous savons bien

que l'opinion est comptée pour peu par les nova-
teurs. La science du gouvernement, disent - ils, n'est
pas à la portée de tout le monde, elle est dans les journaux du bon parti ; il faut donc que l'on s'en rapporte
aux lumières de messieurs les rédacteurs de ces feuilles,
quoique souvent ils déraisonnent. Nous qui ne possé-
dons pas cette science, nous bonnes gens, qui écou-
tons les uns et les autres pour nous éclairer, nous
avons cru, tout simplement, d'après ce que nous ont
dit d'autres écrivains moins savans surement que
ceux-là, nous avons cru, disons-nous, que la science
de gouverner consiste à savoir faire ce qui est dans les
intérêts, dans les idées, dans les mœurs du plus grand
nombre. Nous croyons aussi quoiqu'on en dit, que si
ceux qui ont la direction de nos affaires pouvaient
mettre en pratique cette science, comme nous l'entendons nous, et comme peut-être ils le voudraient bien,
il ne serait pas nécessaire qu'ils se trémoussassent pour
faire nommer des députés dans leur intérét, et nous,
messieurs les électeurs, nous n'aurions pas besoin de
vous supplier de ne pas envoyer à la chambre les
hommes disposés à proposer et à appuyer les projets dont nous venons de vous entretenir, et bien
d'autres de même substance.

Le rétablissement des maîtrises et des corporations,
la remise des registres de l'état civil au clergé (1),
le silence de la presse, une organisation administra-
tive conforme à des intérêts qui ne sont pas les nô-

---

(1) Il vient de paraître une réfutation du mémoire de M.
Benard, sur le rétablissement des maîtrises et des corporations, chez les marchands de nouveautés.

tres, etc., etc.. tout cela serait demandé par les parti-
sans des indemnités, et du droit d'ainesse.

Nous ne vous avons pas encore parlé, messieurs
les électeurs, du projet de septennalité. Ce projet est
avoué, et c'est de là que doivent, dit-on, découler toutes les félicités ministérielles; mais, pour nous qui ne
voyons notre félicité que dans le maintien de la charte
telle que le roi nous l'a donnée, nous sommes alarmés
de la voir battre en brèche; car, la brèche faite, l'en-
nemi entrera dans la place, et la démantellera. On
nous dit : ce n'est qu'une modification; oui, mais on a
déjà modifié, par interprétation, ou par la loi, plu-
sieurs articles de la charte; de modifications en modifications, on ariverait à ne plus conserver de la loi
fondamentale qu'un simulacre de chambre pour vô-
ter des impots. C'est une ressource que le parti se
réservera pour lutter contre le pouvoir royal lors-
qu'il ne fera pas ses volontés; il conservera, à cette
fin, bien précieusement l'art. 15 de la charte; mais
nous pouvons penser que le parti dont nous par-
lons sera porté à modifier tous les articles qu'il ne
jugera pas favorables à ses intérêts. Cela est naturel,
messieurs les électeurs, comme il est naturel que nous
désirions conserver intactes toutes les dispositions
de la charte : l'équilibre des divers intérêts est dans
son intégralité, et si les combinaisons dont elle est
le résultat sont modifiées, l'équilibre est rompu;
nous reviendrons à 1770, les années s'écouleront
dans la fermentation des mécontentemens, et nos
enfans verront 1789 et années suivantes. Voilà ce
que nous ne voulons pas, nous qui n'avons pas ou-

blié, aussi vite que d'autres, nos peines ni même les peines de ceux qui veullent une nouvelle révolution. Nous voudrions finir nos jours en paix, et nous voudrions que nos enfans vécussent en paix sous le règne des successeurs du législateur qui a donné les institutions auxquelles on veut porter atteinte; c'est pourquoi nous demandons des députés attachés à la charte et affectionnés à la famille royale; à la charte qui nous a été donnée pour prévenir, pour empêcher le malheur de revenir à 89.

Pensez-y, messieurs les électeurs, nous avons déjà bien retrogradé, empéchez que nous retrogradions davantage; vous le pouvez, cela dépend absolument de vous. On imprime en ce moment le receuil de vos noms; ils passeront à la postérité qui lira la charte, et qui jugera ceux qui auraient contribué à détruire ce monument de sagesse, ce gage de notre tranquillité, et de notre prospérité. On saura, dans dix ans, dans vingt ans, et dans les siècles, que 80, 000 Français inscrits, en 1824, sur les listes des électeurs, ont pu conserver les droits de trente millions d'autres Français, et, ils ne les ont pas conservés, la honte et la peine retomberont sur leurs enfans.

C'est bien sérieusement, messieurs les électeurs, que nous vous disons : envoyez à la chambre de véritables citoyens, des hommes qui n'acceptent pas les importantes fonctions de député dans leur intérêt personnel, mais dans les nôtres, ou au moins qui sachent accorder les nôtres avec le leur. Envoyez des royalistes constitutionnels bien prononcés, sans vous

embarasser si ils plairont ou déplairont aux ministres : leurs Excellences devront bien se contenter de
vos choix ; elles devront s'en accommoder, et s'en
accommoderont mieux encore que de ceux qu'elles
paraissent favoriser. Croyez-nous, messieurs les électeurs. Tout de même vous ne pouvez pas savoir ce
que les ministres veullent, ils ne le savent pas toujours bien eux-mêmes. On nous a dit, dans le temps,
qu'ils ne voulaient pas la gnerre ; ils pensaient alors
comme nous, et cependant ils ont fait la guerre ;
on nous a dit tant de choses qu'ils ne voulaient pas,
et qu'ensuite ils ont voulu ! vous ne pouvez donc
savoir si vous ferez bien selon leur volonté en
votant pour les candidats qu'ils vous ont présentés,
et que le drapeau blanc, la quotidienne, l'étoile et
autres leur recommandaient. Surtout ne vous laissez
pas détourner de vos bonnes intentions par la crainte
des désagrémens et des vexations ; les agens subal-
ternes qui seraient tentés de vous en faire éprouver,
s'en garderont bien si vous nommez des députés ca-
pables de défendre vos droits. Ces agens recevront
une autre impulsion, les ministres y veilleront, car
ils recevront eux-mêmes une autre impulsion ; ils
changeront la marche actuelle, et ils y sont plus disposés que vous ne le pensez. Quand on a affaire à
des gens trop exigeans, on saisit l'occasion de sortir de
leurs mains ; ou, quand on est entrainé irrésistible-
ment par un torrent qui laisse craindre d'être préci-
pité dans un abyme, on est heureux de rencontrer un
obstacle. C'est la position dans laquelle les ministres
clairvoyans (et il y en a) jugent qu'il sont placés, et

ils désirent certainement en sortir. Donnez leurs des députés constitutionnels, messieurs les électeurs; ils s'en
féliciteront; ils ne vous le disent pas parce qu'ils ne peu-
vent pas trop vous le faire dire par leurs organes qui ne
pensent pas tous comme eux, et parce qu'ils ne sont pas
assez sûr que la loi du 29 juin serait favorable aux roya-
liste constitutionels; ils se contentent de recommander
les royalistes, sauf à considérer comme tels ceux qui sont
très-constitutionels, aussi bien que ceux qui ne le sont
pas autant que nous le voudrions. N'allez pas croire
qu'ils nous ont payés pour vous dire toutes ces choses ;
non , mais le bon sens veut que nous pensions qu'il en
est ainsi, et vous verrez, messieurs les électeurs , que
si vous faites ce que nous vous demandons, ce que nous
espérons, nos préfets deviendront doux comme le miel,
et tout suivera.

La crainte de nommer des ennemis du trône ou de
la dynastie ne doit plus vous agiter; on doit, mainte-
nant, être revenu de ces allarmes feintes qui n'étaient
inspirées que pour éloigner de la chambre les hommes
les plus désintéressés, les plus énergiquement constitutionnels. Les ennemis de la royauté et de la famille
royale, ceux qui voudraient attenter à l'une ou à
l'autre, seraient des fous, et les hommes que leur no-
tabilité, leur mérite et leur patriotisme portent à la
candidature ne sont pas des fous. Vous n'avez donc
à choisir, messieurs les électeurs, qu'entre ceux qui
ne participent pas aux faveurs du pouvoir, qui ne les
recherchent pas même, et ceux qui les rechercheraient;
entre ceux qui proposent des économies sur les dépenses que nous payons, et ceux qui consentiraient

toutes les dépenses sans objections, dans la crainte de blesser la délicatesse des ministres; entre ceux qui veullent une discussion franche et éclairée et cuex qui reclameraient la clôture au milieu d'une discussion, par ce qu'ils seraient sufisamment éclairés par une simple proposition ; enfin entre ceux qui sont intéressés au maintien de charte, telle qu'elle est, et ceux qui voudraient la détruire en présentant la nécessité de la mettre en harmonie avec les institutions monarchipues; comme si son auteur l'avait improvisée, ou comme s'il n'avait pas eu le temps et l'expérience nécessaire pour en combiner les élémens.

On nous dira : voilà beaucoup raisonné, messieurs les non électeurs. Ou avez vous été cherchez ces raisons là ? dans la minerve, dans les constitutionel, dans le courrier, dans le journal de paris et autres de cet acabi ? Nous convenons que ces journaux ont contribués, autant que les discussions dans les chambres, à nous éclairer sur nos intérêts, mais nons avons bien pus d'obligations encore à la quotidienne, au drapeau blanc, à la vielle gazette, à l'étoile, à l'oriflamme, et même au journal des débats qui nous ont fait connaitre assez positivement, assez clairement que le partie qu'ils servent voudrait le rétablissement de toutes les vielles institutions qui ne nous étaient pas favorables, seulement le journal des débats qui est le médiateur ; di, : « n'allez pas si vite. » Ces journalistes ont dû s'appercevoir que depuis deux ans ont était plus curieux de lire leurs feuilles, et ils en ont conclû qu'ils faisaient des dupes. Erreur messieurs les journalistes ! Nous li-

(14)

lisons vos feuilles pour savoir jusqu'où vous portez
l'xtravagance, et dans quels termes la faction de
votre parti, qui veut aller vite, est avec celle qui
veut aller doucement pour arriver plus surement.
Mais sans lire les journaux, ne voyons-nous pas,
messieurs les électeurs, que depuis deux ans, surtout,
certaines gens ne veulent plus entendre parler de la
charte; que le cri de vive la charte! précédé ou suivi
de celui de vive le Roi! est par eux déclaré séditieux ;
qu'ils abreuvent, ou plutôt veullent abreuver d'amer-
tume les royalistes constitutionels les plus purs, les
plus honorés? Si les intentions des ennemis de l'égalité
devant la loi étaient moins patentes, messieurs les électeurs, s'ils ne nous avaient pas autant éclairés sur
leurs projets; si seulement ils eussent voulu faire pré-
valoir un système de liberté, sur un autre système de
liberté, nous nous serions contentés de vous dire
que nous considérons comme le meilleur celui que les
dix-neuf vingtièmes de la partie éclairée de la nation
préfére, nous oserons dire, à cette occasion, messieurs
les électeurs, car vous êtes à même de juger si nous disons vrai, que presque tous les médecins, les avocats,
les ingénieurs, les négotians les grands manufactu-
reiers, les chimistes, les astronomes, et en gégénéral
les hommes les plus uties et les plus versés dans les
science et dans les arts, en France, sont royalistes constitutionnels, comme ceux que nous voudrions voir
nommer députés, que ceux qui, dans ces classes, font
exception, ne sont ni les plus savants, ni les plus sin-
cères, et que c'est plus par spéculation que par con-
viction qu'ils font exception. Nous avons aussi remar-

qué, messieurs les électeurs, que les noms vraiment historiques, les noms d'ancienne et continue illustration, comme ceux de nouvelle illustration, se trouvent sur la liste des royalistes constitutionnels. Nous avons donc dû vous dire qu'il fallait nous en raporter à ceux qui ont le plus de lumières, et qui nous paraissent avoir le plus de désintéressement. C'est ainsi que nous avons raisonné, messieurs les électeurs, et ce sont ces raisonnemens qui nous ont mûs à vous supplier, comme nous vous supplions, par ces présentes, de nommer des députés bien constitutionnels, sans égard aux recommandations, et sans craindre les récriminations des oisifs, des ignorants et des intéressés. En celà vous vous montrerez véritables amis du Roi, et de la famille Royale, comme de notre pays, et serez chose utile à ceux qui ne veullent pas la charte, comme ç vos très humbles et et obéissants serviteurs, les milliuos de non-électeurs.

Imprimerie de SÉTIER, Cour des Fontaines, N° 7.